Première édition dans la collection *lutin poche* : juin 2002

Loi numéro 49 956 du 16 juillet 1949 sur les publications
destinées à la jeunesse : mars 2000
Dépôt légal : juin 2002
Imprimé en France par Mame à Tours

Mario Ramos

NUNO
LE PETIT ROI

Pastel
lutin poche de l'école des loisirs
11, rue de Sèvres, Paris 6e

Le soleil bondit au-dessus de l'horizon.
«La journée sera chaude», annonce tendrement le roi des animaux à son fils.
Nuno est radieux. C'est la première fois que son père l'emmène avec lui sur le rocher du buffle noir.

Du haut de la montagne,
leurs regards embrassent toute la plaine.
«Mon fils, un jour tout cela sera ton royaume. Tu devras écouter et conseiller. Décider de ce qui est juste et de ce qui ne l'est pas. J'espère que tu seras un bon roi et que je pourrai être fier de toi.»

Tandis qu'ils redescendent vers la plaine, le père continue: «Mais rassure-toi, tu verras passer encore beaucoup de jours et de nuits avant d'endosser toutes ces responsabilités.»

Soudain, un rocher déboule du versant montagneux et vient s'écraser sur la tête du père.
Le roi des animaux s'écroule, face contre terre.
Nuno est pétrifié.
Un silence de mort plane au-dessus d'eux.
Sur le sol, la couronne brille de mille feux.

Nuno prend la couronne
et la pose délicatement sur sa petite tête.
Il regarde son père qui ne bouge plus.

Brusquement,
il prend peur et s'enfuit droit devant lui.

Boum ! Sa course finit contre un grand acacia.
«Qui ? Qui ? Qui ?» dit Jacquot.
«Qui nous secoue comme ça ?» reprend Jacot.
«C'est le petit Nuno avec la couronne sur sa tête», précise Jaco.
«Papa est mort. Maintenant, c'est moi le roi !» s'écrie Nuno en reprenant ses esprits.
«Ça, ça, ça alors !» dit Jacquot.
«Ça alors, le roi est mort !» reprend Jacot.
«Le roi est mort, vive le roi !» précise Jaco.
Et les trois perroquets s'envolent répandre la nouvelle aux quatre coins du royaume.

Après une longue marche, Nuno rencontre la girafe.
«Bonjour Makadi, comment ça va ?» demande-t-il.
«Oh Majesté, je suis si contente de vous rencontrer.
Ça ne va pas du tout, je crois que je suis trop sensible.
C'est à cause de ma cousine, elle se moque toujours
de ma robe, elle dit que la sienne est plus jolie,
que la mienne est pleine de taches. Elle est si cruelle
avec moi. Si ça continue, je vais devenir folle.»
«Euh… je vais voir ce que je peux faire»,
promet Nuno en s'éloignant.

Tout à coup, le sol tremble. Comme d'habitude,
Atos et Portos se disputent dans un nuage de poussière.
«Ho! Que se passe-t-il ici? Pourquoi cette bagarre?»
crie Nuno de toutes ses forces.

«C'est lui qui a commencé!» répondent ensemble Atos et Portos cornes contre cornes.
«Heu... je vais voir ce que je peux faire», lance Nuno en s'écartant pour éviter un mauvais coup.

Un peu plus loin, le petit roi croise l'éléphant.
«Bonjour Global, comment ça va?»
«Majesté, quelle chance de vous rencontrer!
J'ai le bout du nez tout mâchouillé. J'ai la trompe en compote. Chaque fois que je vais me désaltérer, Kololo me mord le nez et refuse de le lâcher.
Ce crocodile est enragé, il faut l'enfermer.»
«Heu… je vais voir ce que je peux faire», répond Nuno.

Au bout d'un moment, Nuno sent qu'il est suivi.
Il se retourne et découvre Mamba qui le salue bien bas.
«Héhé, bonjour Majesté ! Excusez mon audace mais je dois absolument vous parler. Pourquoi n'ai-je pas de pattes comme les autres animaux ? Depuis que je suis né, je suis obligé de ramper et d'avaler toute cette poussière, c'est dégoûtant. Moi aussi, j'aimerais marcher la tête haute.»
«Heu… je vais voir ce que je peux faire», répond Nuno.

Près de la rivière, Nuno aperçoit une carpette.
Ce n'est qu'en approchant qu'il reconnaît le crocodile.
«Ah, te voilà Kololo!»
Les larmes aux yeux, le crocodile commence à se plaindre:
«Oh Majesté, je suis en pleine détresse, snif, je nage dans la tristesse, snif. Chaque fois que je me rends à terre pour une petite sieste, Global s'assied sur moi comme si j'étais une vulgaire carpette, snif, snif. Cet éléphant a perdu la tête, il faut l'enfermer.»
«Heu... je vais voir ce que je peux faire», dit Nuno.

Tous les animaux sont venus pour fêter le nouveau roi.
Nuno arrive devant le trône complètement épuisé:
jamais il n'aurait cru qu'il y avait tant de problèmes à régler.

C'est alors qu'un terrible rugissement fait trembler la savane.
Les animaux se retournent, un frisson parcourt l'assistance:
le roi s'approche d'un air menaçant.

Nuno a l'impression de sortir d'un mauvais rêve. Il veut parler mais reste muet. Des larmes de joie et de tristesse se mélangent sur ses joues.

Le père reprend doucement sa couronne puis serre tendrement son petit contre lui. Alors, Nuno sent son cœur se libérer d'un poids énorme.

Le roi monte sur le trône avec son fils dans les bras.
Et le défilé des animaux commence.
Pour chacun, le roi a les paroles qu'il faut.
Mais Nuno n'écoute déjà plus…
Il regarde la grosse bosse sur la tête de son père.